Jules Renard

et son Œuvre

PAR

HENRI BACHELIN

AVEC UN PORTRAIT ET UN AUTOGRAPHE

PARIS

MERCVRE DE FRANCE

XXVI, RUE DE CONDÉ, XXVI

MCMX

JULES RENARD

ET SON ŒUVRE

J'ai [illegible] la certitude que le
soleil descend là-bas, au milieu
des bois, chez une pauvre tribu
d'Indiens qui l'attendent. Ils sont
vieux, isolés, inconnus. Ils savent
à quelle clairière le soleil s'arrête
chaque soir. Ils se réunissent en
cercle autour de lui, et y réchauffent
à qui reste de vie à leur race
[illegible].

Jules Renard

Jules Renard
et son OEuvre

PAR

HENRI BACHELIN

AVEC UN PORTRAIT ET UN AUTOGRAPHE

PARIS

MERCVRE DE FRANCE

XXVI, RUE DE CONDÉ, XXVI

—

Tous droits réservés

C'est un petit coin de terre très peu accidenté.
Les collines, comme si elles avaient peur de se
faire remarquer, se dépêchent de s'abaisser pour
se confondre avec les champs, les prés plats...
De petits ruisseaux invisibles à l'œil nu, des
rivières un peu plus importantes bordées de sau-
les, de rangées de peupliers qui, de loin, les dé-
noncent. C'est un petit coin à qui les agences —
heureusement ! — ne font point de réclame. Les
autos le traversent à toute vitesse : il n'y a rien,
pour les touristes ordinaires, à y voir, ni vieilles
églises, ni ruines. A l'est, ce sont les montagnes
du Morvan, à l'ouest les collines du Nivernais.
Rien n'y est heurté, accidenté, extraordinaire. Il
faut longtemps regarder ces paysages moyens
pour les trouver beaux. De petits bois où il n'y

a pas de danger que l'on se perde, une plaine toujours en toilette avec son ruban de route départementale, des maisons éparses un peu partout, ici groupées auprès d'une église quelconque : c'est Chitry-les-Mines, une commune de cinq cents habitants. Né, en 1864, à Châlon-sur Mayenne, par un hasard de la vie errante de son père qui était entrepreneur de travaux publics, c'est à Chitry-les-Mines que Jules Renard a vécu ses années d'enfance. Près de l'église qu'entoure une petite place, il y a la mairie, une épicerie où l'on vend *le Petit Parisien* et son *Supplément.* Des ruelles en pente, bordées de vieilles maisons dont quelques-unes ont encore des toits de chaume, dévalent vers l'Yonne. Des jardins sont presque à fleur d'eau. Des laveuses s'abritent sous l'arche d'un pont qui aide la route à traverser la rivière. Et c'est, à gauche, l'autre village de Chaumot. Sur une éminence, dominant le château et l'église de Chitry, se dresse, se cache derrière des noyers, une maison de campagne à toit de tuiles : c'est « la Gloriette ». C'est là que, plusieurs fois par an, Jules Renard revient, là qu'il reste de mai à octobre.

Raconter son enfance, ses premières années de jeunesse ? A quoi bon ? Lisez *Poil-de-Carotte.*

Il fait ses études à Nevers, à l'institution Saint-Louis. Il vient à Paris, suit les cours de Charlemagne, prépare l'Ecole Normale, y renonce. Se trouvant dans l'obligation de gagner sa vie, il se présente à la Cie de l'Est, passe un concours ; reçu, il lui faut attendre trop longtemps. De guerre lasse, il entre dans une succursale d'un grand entrepôt de marchandises. Il en sort au bout de quelques jours, et vit comme il peut.

C'est de cette époque (1883) que datent ses débuts littéraires. Il donne des vers au *Zig-zag*, à *la Chronique Parisienne*, au *Décadent*, où (n° du 15 juin 88) je relève ce sonnet :

TRISTESSE

Ce soir, il court dans l'air des tristesses plus douces.
Le cœur, comme endormi dans un bain, s'affadit ;
On ne se souvient plus de tout ce qu'Elle a dit,
Et l'oubli sur l'amour met lentement ses mousses.

Tout va-t-il donc finir, ce soir, autour de nous ?
Sur les parfums chauffés brûlant comme des flammes,
Sur les fleurs qu'on est las d'arroser, sur les femmes,
Qu'est-ce qu'on pourrait bien écrire de très doux ?

L'esprit humilié voit partout des idoles.
On voudrait faire un choix de suaves paroles,
Mais en vain, pour qu'à l'aise ils s'y posent en tas,

La rêverie aux mots s'offre comme une branche.
On pleure bien un peu, mais le vers ne vient pas,
Et la première page, humide, reste blanche.

Voici d'autres vers (*la Plume*, 15 sept. 90) attribués par Renard à un poète mort — *Un de moins !* c'est le titre de l'article, — et qui n'est autre que Renard :

> ... Sur le tapis bleu des nues,
> D'en bas, le ciel me semblait
> Un lot de pièces menues :
> Un petit sou, s'il vous plait !

> ... Sur le banc peint, fraîchement vert,
> Madame, dans un demi-somme,
> Couve de son œil entr'ouvert,
> Le beau chien mâle qui fait l'homme.

... Les flots paraissent un amas de coussins d'eau
Tant leur écume est blanche et tant la marche est lente.
A chaque vague flotte une étoile filante.
Il fait plus doux que dans un lit, sur le bateau.

La mer, fidèlement pure, double la nuit.
Le vent, comme un lutteur fatigué, se dérobe,
Et la voile du mât tombe comme une robe.
La vie, en nous, hors nous, clapote à petit bruit.

Il donne des *Chroniques* au *Roquet*. D'une, du 26 juin 90, j'extrais ces conseils au jeune homme de lettres :

Tâche que tes affaires aillent bien... Dis flûte à la chapelle des purs (ils y sont quatre pelés, le tondu ne vient jamais), et adresse-toi directement au public.

Lequel ?

Celui qui achète, le plus riche. Ah ! l'argent ! Tu verras, ta croûte de lait jetée, comme l'âpreté au gain donne du talent !... Vas-y hardiment ! N'aie de considération que pour les feuilles qui paient et les éditeurs qui lancent bien... De la copie payée, c'est respectable comme de la copie timbrée. Si tu ne réussis pas du premier coup, réforme-toi. Qu'on dise de toi un jour : Ce garçon a du talent pour deux cents francs par mois ; et plus tard : Il en a maintenant pour dix mille francs par an. Songe à Zola qui en possède déjà pour plus d'un million. A son âge, sois en situation de prendre ta retraite, et ne travaille plus que pour le plaisir... de gagner encore de l'argent.

La Presse, du 27 octobre 84 parle, en ces termes, de lui :

Il a à peine vingt ans et n'a encore pas publié le moindre volume, dont acte. C'est un jeune homme bizarre, point beau, blond à l'exagération, avec un crâne de mathématicien, des yeux enfoncés, une bouche malicieuse, et un accent du Nord peu agréable. Lorsqu'on le voit tout d'abord, on n'a pas envie de l'entendre, oh ! mais pas du tout. Lorsqu'il a dit des vers, on lui tend les mains, très ému, comme lorsqu'on a entendu un grand artiste.

Car il sort, comme tout bon débutant le doit

à la littérature. Le voici au dîner des Bas-Bleus, fondé par Jeanne Thilda (Mme Stevens), où viennent Mistral, Arsène Houssaye, Catulle Mendès ; chez le peintre de Gastines, « dans son élégant hôtel de la rue de Vintimille », chez Jeanne Thilda, « dans son coquet appartement de la rue Blanche » ; chez Mme Mary Summer, à une fête en plein air où « une toute gracieuse pensionnaire de la Comédie-Française, Mme Daniele Davyle, récite d'une façon exquise un poème inédit, *les Roses*, de M. Jules Renard ».

Il va, entre temps, réciter, aux *Zutistes*, des vers que l'on applaudit, mais que l'on trouve inconvenants. Il y voit Charles Cros, Marsolleau. Il voit — ailleurs — Coppée.

On annonce de lui « un volume de nouvelles paysannes : *A la belle étoile*, et « un volume de nouvelles qui aura pour titre *Faudrait voir !* En attendant ces deux volumes — qui ne parurent point, du moins en entier ni sous ces titres, — il publie, en 1886, chez Paul Sevin, une plaquette de vers, *les Roses*, et, deux ans après, le 1er octobre 88, à *la Grande Correspondance*, un recueil de huit nouvelles : *Crime de Village*, tiré à soixante-cinq exemplaires, dont trois sur Japon.

Il a continué à courir de salon en salon. On y voit des dames mûres, et des jeunes filles à marier. Quelquefois on passe à côté d'un bonheur possible. Renard ne passa point à côté. C'est aux bains de mer qu'il fit la connaissance de sa future femme ; ils se marièrent le 28 avril 1888. Elle fut, elle est encore pour lui une compagne, une « amie » d'une incomparable douceur ; il a dit lui-même :

Dans le dur métier des lettres, ce qui rend le plus souvent nos confrères malheureux, c'est leur femme. La femme, qui a des appétits de luxe et de vanité incroyables, la femme qui harcèle son mari sans cesse et lui rappelle qu'un tel gagne tant par an, qu'un tel réussit. L'animal de luxe, le pur-sang que doit être l'homme de lettres, devient, sous ses coups de cravache multipliés, un cheval de labour et d'omnibus toujours éreinté. Pour moi, au contraire, ma femme trouve que je travaille trop.

C'est de son mariage, et de la fondation du *Mercure de France* (1er janvier 1890), que datent ses véritables débuts. Sa vie matérielle désormais assurée, il ne sera point, comme d'autres, un forçat de la copie, ou — ce qui est pire, — d'un labeur étranger à la littérature. D'autre part, le *Mercure de France* est, immédiatement, lu, discuté, apprécié. Ses collaborateurs, brusquement, sont mis en lumière.

Maintenant, c'est Renard qui reçoit. Je lis, dans *la Caravane* du 6 avril 90 :

Tous les jeudis, le salon de J. Renard est le salon le plus littéraire de Paris. La charmante maîtresse de maison reçoit, avec une délicieuse simplicité, l'élite de la littérature d'avant-garde : Mme Vallette (Rachilde) et M. Alfred Vallette, directeur du *Mercure de France*, Léo Trézenik, Ernest Raynaud...

Trézenik annonce (*Mercure* d'oct. 90) un roman de Renard, *les Cloportes*, que doit incessamment publier *le Roquet*, mais qui resta inédit. Renard en a tiré, dans *Coquecigrues*, les deux nouvelles reliées par le titre *Un roman*.

Avec *Sourires Pincés* (Lemerre, 1890), qui avaient paru presque en entier, dans les premiers n^os du *Mercure*, Renard est connu, du jour au lendemain. Il va chez Daudet, rue de Bellechasse, où il rencontre Edmond de Goncourt, Loti, Jeanne Hugo, Léon Daudet, Schwob. Il va chez Richepin. Il fréquenta peu le grenier d'Auteuil. Il fait partie du comité de lecture du Théâtre d'Art, dont le directeur fut Paul Fort.

Il y a dix-huit ans de cela. Je ne dirai point que

c'était l'âge d'or ; mais il y avait un peu moins de réclame vénale, un peu plus d'enthousiasme que maintenant. De tout temps, il fallut jouer des coudes, mais, aujourd'hui, on se les use. Il y avait des journaux qui publiaient, en première page, des vers qui n'étaient point des réclames pour les pastilles Géraudel, pour le Dubonnet. Lequel, je le demande, publierait, en 1909, *l'Enquête*, de Jules Huret? Byvanck chercherait en vain Verlaine ; il ne trouverait plus, au *Chat Noir*, Allais, Courteline, Donnay.

Epoque où le naturalisme attaqué se défendit comme il put, où symbolistes et décadents s'injuriaient en les personnes de Moréas et de Verlaine! Il y en a, aujourd'hui, qui trouvent cela idiot. A quoi bon, disent-ils, ces discussions ? Oh! Sans doute! Travaillons d'abord. Epoque d'enthousiasme disparu!...

Je reviens à Renard. Il dit à W.-G.-C. Dyvanck (*Un Hollandais à Paris en 1891*) :

Quand j'écris, je veille uniquement à ce que mes phrases se tiennent. Je ne me soucie nullement de ce que les autres ont fait de leur temps. Je n'appartiens à aucune école... J'ignore où j'aboutirai, et je n'y pense jamais. Seulement, je suis convaincu d'être sur la bonne voie et cela me suffit. Je me sens comme un voyageur dans une contrée étrangère ; il sait qu'il suit la direction qui le mènera où il doit aller, mais chaque détail du chemin est pour lui une nouveauté et une découverte.

Jean Lombard écrit dans *la France moderne* du 16 avril 1891 :

L'auteur des *Sourires pincés* fait partie du groupe éclos sous le regard perversement féminin de Rachilde, lequel groupe semble, par le *Mercure de France*, revue de turbulente combativité, devoir rallier toute l'ardeur littéraire de ces temps-ci. La plupart sont très connus, quelques-uns quasi célèbres, presque tous classés. Je cite Laurent Tailhade, Alfred Vallette, qui vient de faire paraître son *Vierge*, roman d'une indéniable et sévère valeur, Edouard Dubus, Louis Dumur, Remy de Gourmont...

D'Esparbès (*le Boulevard*, 1er mars 1892) le présente :

Dès l'abord, l'air d'un monsieur pincé qui a bu du verjus et qui se défie. Cause peu, écoute par l'œil qui semble même perdu sous les paupières, dilaté comme certains yeux de reptiles. Une barbe maigre et dure, d'un or mat, allongé en langue d'aspic ; un front bombé, dont la boursouflure puissante écrase l'arcade sourcilière.

Alfred Vallette (*les Hommes d'Aujourd'hui*, Vanier, 1893) dit :

Marié, père de deux enfants et de cinq ouvrages, sept même, en comptant le « sous-presse » et un roman non publié, collaborateur assidu de plusieurs journaux et revues, c'est, en vérité, pour qui vint au monde à Châlon-sur-Mayenne le 22 février 1864, n'avoir point perdu son temps. Jules Renard est, de cœur, nivernais ou, mieux, morvandiau. Il passa au collège de Nevers les années réglementaires : je ne sache pas qu'il ait compté parmi les forts en thème et jamais brigué les lauriers du concours général... C'est un escrimeur quotidien, d'une force dont il espère ne point se servir « pour de bon ». Je liquiderai, pendant que j'y suis, le chapitre du sport : notre *Homme d'Aujourd'hui* est un bicycliste fréquent, contempteur du cheval de chair... C'est encore un chasseur et un pêcheur à la ligne émérite.

Aussi bien, à partir de *Poil-de-Carotte*, à partir, même, de *Sourires pincés*, Jules Renard n'a-t-il plus d'histoire. Sa production est devenue régulière. Articles et volumes se succèdent. Il débute au théâtre avec *la Demande*, un acte en prose, en collaboration avec Georges Docquois (1895). Mais c'est *le Plaisir de rompre*, qui le classe définitivement. Robert de Flers le fit jouer au *Cercle des Escholiers*, dont il était président.

On sait sans doute quelle estime, quelle amitié Renard a pour Marthe Brandès, *la femme*, dit-

2

il, *que j'aime le plus après ma femme*. Voici le délicieux portrait qu'il a tracé d'elle :

Elle est la tige de ces feuilles, et ses cheveux sont dans les feuilles comme un nid fin où repose un rêve.

Le front dit : Je pense, donc je suis aimé.

Les yeux disent : Nous sommes bons, mais pas si bêtes.

Le dernier mot de cette bouche entr'ouverte qui se retient d'aspirer ne doit pas être loin.

Un rayon de soleil qui jouait sur le nez n'y est plus : ce rayon-là peut aller se coucher.

Elle est pâle de tenir toutes ses promesses.

A cause de son cœur, un pli de corsage est plus droit que les autres. Elle a mis un tablier pour recevoir, reine servante, ceux qu'elle attend ; mais l'intrus peut venir : elle garde ses mains dans les poches de son tablier.

En 1900, Renard est fait chevalier de la Légion d'honneur. Cette même année, il est question de lui pour l'Académie Goncourt :

L'Académie Goncourt est enfin constituée. Les sept membres désignés par le testament d'Edmond de Goncourt ont pris séance, hier après-midi, chez l'un des deux exécuteurs testamentaires du maître défunt, M. Léon Hennique, 11, rue Decamps. Etaient présents : MM. O. Mirbeau, J.-K. Huysmans, G. Geffroy, les deux frères J. et H. Rosny, P. Margueritte et L. Hennique... Les trois élus sont MM. Elémir Bourges, Lucien Descaves et Léon Daudet.. D'autres noms avaient été mis en avant : en tête, celui de M. Jules Renard ; mais Jules Renard, qui eût été élu par tous avec joie, a tenu à s'effacer devant la candidature, plus vieille, de son ami Lucien Descaves. (Jules Huret, *le Figaro* du 8 avril 1900.)

Enfin, sept ans après — distinction officielle, sans doute, mais qu'il ne chercha aucunement et qui lui était due, — le 31 octobre 1907, il fut élu, en remplacement de Huysmans, membre de cette académie Goncourt.

Il y a en lui, à côté de l'homme de lettres, l'homme politique. Il aime le socialisme et déteste la religion. Il a écrit sur Jaurès, son ami, des pages, d'où je détache ce qui suit :

Ses plus belles images, Jaurès donne l'impression — elle n'est pas toujours fausse, — qu'il les travaille sur place, qu'il se les arrache avec effort ; certains mots craquent comme des racines. Puis, soudain, l'image jaillit, monte libre et se développe, une image de prosateur lyrique, pleine, importante et claire, qui plane en sécurité sur la foule. Cette image a des traits connus, et des traits nouveaux. Elle était, là, près de nous, et l'on croit qu'elle vient de loin.

Elu maire de Chitry-les-Mines en 1904, il ne

perd point de vue sa commune. Sa bibliothèque, continuellement, est à la disposition de qui veut lire. Il s'occupe surtout de l'école qu'il a complètement transformée. Il sort de son « village », il fait des conférences à Corbigny (1901) sur Molière, à Chitry (1902) sur Victor Hugo, à Clamecy (1903) sur « le rire », à Cosne (1903) de nouveau sur Molière, à Nevers (1904), à l'Amicale des Instituteurs de la Nièvre, sur *le théâtre* et, le 17 septembre 1905, prononce un discours à Clamecy, lors de l'inauguration du monument de Claude Tillier. Il donna très longtemps, chaque dimanche, à *l'Echo de Clamecy*, sous le titre *Mot d'écrit*, une série de réflexions, sur des sujets de morale et de politique, à la portée des lecteurs ordinaires de ce journal (1). Ah ! si tous les maires écrivaient, raisonnaient ainsi ! Surtout, si tous les lecteurs pouvaient comprendre ! Voici un de ces mots d'écrit :

N'en déplaise à tous les journaux, et même à ceux de Clamecy, le plus instructif, le plus amusant et le plus émouvant, c'est le *Journal officiel*. On ne le lit pas assez dans nos campagnes. A Chaumot, par

______

(1) La réunion de ces articles a formé les 1er et 2e fascicules des *Cahiers Nivernais*. On y trouve, en dernier chapitre, *Jaurès au Trocadéro*.

exemple, personne, ou presque personne, ne lit l'édition des communes affichée au mur de la mairie.

J'exagère et j'oublie les chèvres. L'une d'elles ne
rate pas un numéro. Elle se dresse sur ses pattes de
derrière, appuie celles de devant sur l'affiche, remue
ses cornes et sa barbe, agite la tête de droite et de
gauche, comme une vieille dame qui lit, et rien ne
nous autorise à croire qu'elle ne sait pas lire.

Sa lecture finie, comme cette feuille officielle sent
la colle fraîche, notre chèvre la mange. Après la
nourriture de l'esprit, celle du corps. Ainsi rien ne
se perd dans la commune.

Quel dommage que tous les lecteurs de romans
n'aient pas l'estomac de cette chèvre pratique ! Ils
pouraient manger les livres lus, ils en achèteraient
davantage et l'homme de lettres aurait enfin la certitude de manger à son tour. Il faudra que je cause
avec cette bonne chèvre. Elle doit être intelligente.
Elle me donnera son avis sur les députés, et je suis
sûr qu'elle n'en parlera point avec cette vulgarité
qui distingue les plaisanteries électorales.

Il suffit à une chèvre fine de lire *l'Officiel* pour
se rendre compte qu'il n'y a pas que des imbéciles
à la Chambre, et la chèvre de Chaumot est sans doute
émerveillée, comme moi, du talent de ces messieurs.
Chaque séance offre de l'intérêt, et quelques-unes
sont admirables. La discussion actuelle sur l'ensei-
gnement congréganiste passionne les esprits cultivés.

Tous les partis ont des orateurs de talent, et tous
ont des hommes de travail, qui brillent moins, mais
qui ne sont pas moins utiles, et si ces partis traînent

à leur queue des incapables, des nullités obscures, il faut s'en prendre au suffrage universel encore trop mal éclairé pour être juge infaillible.

L'électeur grincheux semble ignorer qu'il n'a guère que le député qu'il mérite.

Voilà une vérité que la chèvre de Chaumot elle-même comprend, mais elle ne vote pas.

On lira — ou l'on relira — certainement avec plaisir ces notes publiées lors de l'enquête littéraire que *le Matin*, en 1904, négligea d'achever :

Il y a deux Jules Renard, le Jules Renard d'hiver et le Jules Renard d'été.

Le Jules Renard d'hiver est vêtu d'une douillette robe de chambre et tient à la main un porte-plume. Il est situé au deuxième étage d'une maison bourgeoise, rue du Rocher, à Paris, dans un cabinet de travail sobre de fanfreluches, et où je vois, entre autres, un subtil portrait dû au poète Henry Bataille. Quand un ami vient, le matin, vers dix heures, le maître de céans pose son porte-plume ; son visage sérieux et placide, ses yeux aigus d'analyste s'éclairent d'un sourire accueillant ; il parle littérature, journaux, théâtre, d'une voix posée, sans effets, sans phrases. Point d'énervements, un équilibre parfait. Et ses propos sont judicieux ; l'ami part, lesté d'un bon conseil...

C'est là, dans ce cabinet paisible, près de sa femme et de ses beaux enfants, que Jules Renard, avec une sûre et sagace lenteur, a écrit ses *Sourires pincés*, et *le Vigneron dans sa vigne*, et *l'Ecornifleur*, et *M. Vernet*, et *les Histoires naturelles*.

Réaliste probe et concis, il décrit l'âme des bêtes, et l'âme, moins souple, des gens. Il voit net et ne déforme pas. Il peint avec l'art méticuleux du miniaturiste. Son « écriture », nullement gênée par le goncourtisme, est d'une pureté classique et s'apparente aux meilleures pages de La Bruyère.

C'est là qu'il a conçu *Pain de Ménage* et *Plaisir de rompre*, chefs-d'œuvre de railleuse sensibilité ; c'est là qu'est né *Poil-de-Carotte*, gosse amer, douloureux ironiste de quinze ans.

Le Jules Renard d'été est un homme d'action et un politique. Il est maire de son « patelin », Chitry-les-Mines, par Corbigny (Nièvre). Il tient le curé par un bouton de sa soutane et lui prouve qu'il a tort. Il s'arrête dans un champ et enseigne la République au cultivateur. Il lutte contre le presbytère et le château. Sa parole est simple et chaleureuse.

Cela ne l'empêche point de jeter des escargots à ses poules, de sourire de son coq vernissé, de rêver, silencieux, parmi les familles d'arbres, escorté de *Pointu*, son chien, de jouir des tons fins du ciel et de l'eau, et peut-être bien de pêcher à la ligne...

Jules Renard m'a envoyé les notes suivantes, avec l'autorisation de les arranger. Je préfère vous les soumettre telles quelles, nature, de peur de les déranger. Vous goûterez mieux ainsi l'accent de sincérité de cette confession :

NOTES POUR LOUIS VAUXCELLES

Les écoles. — Je n'ai jamais su ce que c'était : peu de chose, sans doute, un prétexte à écrire plus tard des chapitres d'histoire littéraire. On ne doit aux écoles que les procédés. Le talent reste individuel, bien que ce dernier mot, je ne sais pourquoi, me fasse mal au cœur.

On dit humaniste, naturiste, comme on dit humoriste, ironiste, etc. C'est peut-être la même chose. Ironiste ! Quand on pense que Catulle Mendès lui-même s'y est laissé prendre ! Il a cru que nous voulions faire de l'esprit ! Le fonds de l'homme de talent, qu'il soit ironiste ou lyrique, c'est le désespoir morne de n'avoir pas plus de talent. Les derniers venus crient très fort : « Vivons ! » C'est un beau cri, mais quelques-uns oublient de dire à quoi...

Le nationalisme. — Barrès le dit mort. Et je renonce à dire du mal de Barrès. Ça ne m'amuse plus. Gloire à cet homme qui nous donne de si lumineuses fêtes d'art avec des idées si obscures !

Mais ne pardonnons pas au nationalisme de nous avoir pris Jules Lemaître. Ça, ce fut une brisure douloureuse, une rupture (que Lemaître ne se fâche pas, j'ose le dire) de famille.

Les graves événements. — Je crois bien que ça retentit ! C'est une stupeur pour moi que certains hommes que j'admire ne soient pas dreyfusards, anticléricaux et pacifistes. Oui, une stupeur ! Qu'on se batte à propos d'un adjectif, soit ; mais comment se peut-il qu'une question de justice nous divise? Peut-on être antisémite, sauf quand on se brouille avec un ami, et parce que ça soulage de lui crier cette belle injustice : « Sale juif! »

Jamais je n'oublierai le soir qu'on criait dans les rues la condamnation de Zola. La vie n'avait plus aucun goût.

La politique. — Mais oui, il faut en faire : pour quoi pas? La politique *repose;* il y a plus de certitudes en politique qu'en art. La caisse des retraites paysannes et ouvrières, voilà une certitude! Les hommes politiques ont la manie de dire aux poètes, comme s'ils redoutaient leurs candidatures : « Laissez-nous donc ça ; si vous saviez comme c'est malpropre! » Eh bien! faisons de la politique propre. Et comme c'est toujours les mêmes qui ont du talent, les poètes auront vite fait de battre les politiciens. Poètes, tous aux urnes! Ecrasons le laid! Je déteste le modéré libéral, parce que ce genre-là ne me paraît pas beau. L'avenir du socialisme, c'est qu'il fait appel à tout l'idéal.

Les amateurs. — Je vous répète qu'il n'y a que le talent qui compte.

Les dames. — Elles en ont beaucoup — pas plus que nous.

Rachilde est une femme de génie. Je lis de Georgette Leblanc un livre très bien. Je n'ai lu do Mme do Noailles que *le Visage émerveillé.* Je l'ai lu de mauvaise humeur. Quoi! il va falloir encore admirer quelqu'un! Ça m'aurait ravi que cette dame fût stupide. A la lecture, le livre m'a bien souvent agacé

Que de vertige! que de volupté! Ça éprouve tant que ça, une petite religieuse! De la douleur éclatante, du plaisir qu'on renonce à dire! L'âme s'élance, le cœur aussi, les poumons aussi! Ce n'est plus la vie, c'est la vie de la vie, l'amour de l'amour; le silence crie; on s'évanouit à chaque odeur, même à celle des petits pois verts. Et tout ce qui pénètre dans la poitrine, jusqu'à des terrasses! On ne sait plus si ces dames mangent un fruit, ou si c'est le fruit qui les mange. Elles meurent de larmes, avec un soupir immense. C'est trop, c'est trop. Il faudra bien se calmer, et remettre chaque mot en sa place : le style, ce n'est pas la femme.

J'ai donc boudé jusqu'à la fin du livre. Mais, le livre fermé, je réfléchis... C'est tout de même l'œuvre d'une femme de talent. Ce mot-là me suffit. Faites décorer Mme de Noailles. Elle s'entrera, comme l'Aiglon, sa croix dans le cœur, mais elle l'aura bien méritée.

Le mercantilisme, la pornographie. — Ah! ma foi, je les excuse. Cette indulgence, d'ailleurs, ne m'est pas naturelle. C'est le fruit de ma raison, et elle m'échappe à chaque instant.

Combien de fois n'ai-je pas désiré me vendre, à tout prix? Il y a de la pornographie dans *l'Écornifleur*. Ça ne m'a servi à rien. Je ne recommencerai donc plus; mais l'immoralité des autres ne me gêne pas, à condition qu'elle ne prenne pas de faux airs de vertu.

...Je passe toute la saison ici, dans une vieille maison de curé, que j'ai baptisée *la Gloriette*, et qui est à deux pas de ma commune. J'ai une jolie vue sur la vallée de l'Yonne jusqu'au Morvan, et sur un château qui se défie de moi comme d'une bombe. Un petit tour le matin à la mairie, de la lecture; peu de travail, beaucoup de rêvasserie. Vie de famille. Du *Poil de Carotte* retourné : c'est la logique. D'ailleurs, plus je vais, moins je comprends la vie, mais plus elle m'amuse. Je perds toute ambition littéraire, mais je garde les nerfs et la sensiblerie de l'homme de lettres écorché : une attitude de paysan me bouleverse comme une critique. Le curé, le noble, et un tiers de mes administrés me détestent (mes enfants ne sont pas baptisés !). Je crois que le reste — le meilleur, naturellement — me regarde d'un bon œil. Mais que de piqûres ! Hier j'envoie demander des nouvelles d'un blessé ! On met presque mon délégué à la porte, en l'accusant d'*espionnage !* Un instant je suis furieux, et puis je dis : « Tout ça est très bien. » Car tout est très bien, c'est l'homme de lettres qui finit par n'être qu'un pauvre bougre...

L'œuvre en train ? Aucune. Aujourd'hui, on fait du théâtre pour être de l'Académie ou pour s'acheter une automobile. Je n'ai pas besoin d'automobile, et, à distance, l'Académie me fait l'effet d'un boui-boui. Alors, regardons. Par exemple, j'aurai bien regardé !

En 1890, on commençait à avoir assez des exagérations du réalisme. On comptait les chefs-d'œuvre qu'avait donnés l'application stricte, intelligente, naturelle, de sa méthode. Il était impossible de seulement énumérer les études neutres, ternes, qui, sous prétexte de « tranches de vie » à servir, n'étaient guère que de sèches monographies conçues, écrites sans art. Zola lui-même ne disait-il pas à Jules Huret : « Je crois à une peinture de la vérité plus large, plus complexe, à une ouverture plus grande sur l'humanité, à une sorte de classicisme du naturalisme. »

Une réaction, logiquement, devait se produire.

Et ce n'est point chose peu curieuse que de constater que, de cette école appelée, à tort ou à raison, symboliste, Renard, que beaucoup considèrent comme un réaliste, est sorti. A première vue, — superficielle d'ailleurs, — il apparaît tel. Quoi de plus net, de plus précis que son œuvre entière, depuis *Crime de village* jusques aux *Comédies?*

Il y avait, dans le réalisme, deux courants bien distincts, opposés même. Zola, qui véritablement avait le don de la vie — mais une vie non fouillée, un peu rudimentaire, — laissait courir sa plume. Les Goncourt soufflaient et s'essoufflaient sur des multitudes de petites notes, sans doute prises sur le vif, mais sans réussir à en composer des personnages vraiment vivants. Seulement, quel style riche — un peu trop même — en épithètes ! Quels décors vus d'un œil « artiste », et que longuement décrits ! Peut-on lire, aujourd'hui, sans fatigue, leur description de la forêt de Fontainebleau dans *Manette Salomon ?* Je sais qu'il y eut d'autres manifestations différentes, mais moins importantes, du réalisme. De plus, si je ne parle ni de Flaubert, ni de Maupassant, c'est que leur œuvre résume le réalisme en ce qu'il avait d'excellent.

Oserai-je affirmer que les « jeunes » d'alors aient trempé leur plume dans l'encrier en se disant : — Nous en avons assez ! Nous allons faire autre chose ! Quoi de plus ridicule que de

prêter aux gens des intentions... rétrospectives !
Mais la réaction était dans l'air : elle se pro-
duisit.

Pourtant il apparaît que Renard fut conscient.
Il n'y a qu'à lire, dans *la Lanterne sourde*, cette
page : *Naturalisme*.

D'abord Eloi documente avec rage. Ses amis le
fournissent sans le savoir. Ne changez pas de chemise devant lui : vous retrouveriez votre torse et le
relief exagéré de vos omoplates huit jours après, au
milieu d'un conte. Surtout ne le laissez jamais seul
dans votre chambre en désordre. Il ramasse les bouts
de cigares, les queues d'allumettes ; il recueille les
cheveux oubliés sur l'oreiller, les poils de barbe.

Ah ! une fausse dent ! Quelle perle !

Il examine les peignes, les brosses, la culotte pen-
dante, la savate morte. Il étudie l'urine et compte les
jets de salive. Il fait un tas des pièces de prix trans-
portables et les noue dans son mouchoir en disant :

— Tout mon bonhomme est là. Je le tiens.

Il y avait la forme. L'apparition de *l'Ecorni-*
fleur fut une date. Ce n'est plus la phrase large
de Chateaubriand et de Flaubert, ni celle, plus
précise, mais flottant autour du sujet, des Goncourt. C'est la phrase nette, courte, solide,
avec des images neuves, d'une nouveauté si sin-

gulière qu'elles valurent à Renard, à ses débuts, la réputation d'humoriste :

Des bateaux s'en vont, d'autres rentrent et se déshabillent de leurs voiles. Le flot monte ; les vieux rochers se couvrent d'écume, pères de familles vénérables, mais ivres, qui renverseraient, en buvant, de la mousse de champagne dans leur barbe.

La mer est moutonneuse. Un invisible et infatigable menuisier lui rabote, rabote le dos, et fait des copeaux (*l'Ecornifleur*).

Il fallait choisir, dans la multitude des détails réputés significatifs, pittoresques, ceux-là seuls qui, vraiment, pouvaient, à des paysages déjà décrits, ajouter quelque chose :

Dans la campagne muette, les peupliers se dressent comme des doigts en l'air, et désignent la lune (*Histoires naturelles*).

Cette demi-douzaine de fers à repasser, à genoux sur leur planche, par rang de taille, comme des religieuses qui prient, voilées de noir et les mains jointes (*Bucoliques*).

Il y avait encore mieux à faire. Il y avait à créer du nouveau. Et il ne me semble point inutile de rapprocher, de deux levers de lune de Chateaubriand et de Flaubert, un lever de lune de Renard. A cinquante années de distance l'un de l'autre, ils sont significatifs.

En 1800, Chateaubriand :

La lune se montra au-dessus des arbres, à l'horizon opposé (*Voyage en Amérique*).

Sa lumière gris de perle descendait sur la cime indéterminée des forêts (*Atala*).

En 1850, Flaubert :

La lune, toute ronde et couleur de pourpre, se levait à ras de terre, au fond de la prairie. Elle montait vite entre les branches des peupliers qui la cachaient de place en place, comme un rideau noir, troué (*Madame Bovary*).

En 1900, Renard :

La lune se lève... Elle monte, légère, parmi les arbres. Il vont la toucher du bout de leurs pointes, l'accrocher au passage. Mais elle glisse, leur échappe, et verse devant elle, pour annoncer sa venue, une lueur claire comme un flot de petit lait (*Bucoliques*).

Des commentaires seraient inutiles. Après les grandes lignes du romantisme de Chateaubriand, le détail du réalisme de Flaubert, voici le menu détail du contre-réalisme de Renard : « le bout de leurs pointes. » Tout le secret de la saveur de ses descriptions, de ses images, est là. Cela

paraît tout simple, mais il fallait casser l'œuf par
le bout.

Schwob a dit :

L'Ecornifleur est un jeune homme dont le cerveau
est peuplé de littérature. Rien pour lui ne se présente
comme un objet normal. Il voit le xviiie siècle à travers Goncourt, la société à travers Daudet, les paysans
à travers Balzac et Maupassant, la mer à travers Mi-
chelet et Richepin. Il a beau regarder la mer : il n'est
jamais au niveau de la mer. S'il aime, il se rappelle
les amours littéraires. S'il viole, il s'étonne de ne
pas violer comme en littérature.

Il s'écrie :

La camelote des comparaisons surcharge ma mé-
moire.

Là encore, il fallait du nouveau. Passer du
spirituel au matériel — ou inversement, — tel
est le mécanisme accoutumé des comparaisons :

Une haute colonne se montrait seule, debout, dans
le désert, comme une grande pensée s'élève, par in-
tervalle, dans une âme, *etc. (Chateaubriand)*.
Sa vie était froide comme un grenier dont la lu-
carne est au nord, et l'ennui, araignée silencieuse,
filait sa toile dans l'ombre, à tous les coins (*Flaubert*).

Mais Renard en arrivera, par souci d'éviter le déjà vu, le déjà lu, à la déformation de l'image :

Un torpilleur manœuvre au loin : gros cigare (*l'Écornifleur*).

M. et Mme Bornet croient voir passer sur la Marne un bateau à vapeur : ils se trompent. C'est un bateau ordinaire où,

assis entre M. et M^mo Navot, un étranger fume, et, grave sous son chapeau haut de forme noir qui luit au soleil, rend la fumée, naturellement, par la bouche (*Coquecigrues*).

Bien plus, il finira par comparer un objet à lui-même, le second terme de la comparaison découlant directement du premier, en passant du naturel à l'artificiel. Il ne pourra point voir des lapins dans leur toit sans penser aux jouets mécaniques :

Les lapins, les oreilles sur l'oreille, le nez en l'air, les pattes de devant raides comme s'ils allaient jouer du tambour... (*Poil-de-Carotte*).

Eloi s'écrie :

Oranger du Midi, fier de tes pommes d'or faux, tu ressembles à nos arbres de Noël, mais, plus riches que toi, ils portent dans leurs branches des petites bouteilles de liqueur (*le Vigneron dans sa vigne*).

Le soleil seul, un soleil myope, continue de descendre de l'autre côté des branches fines comme des systèmes nerveux (*Sur Alphonse Daudet. Revue blanche*, 1er janvier 98).

De cette perpétuelle défiance des autres, de ce besoin de tout vérifier par soi-même, de ne voir le monde que par ses propres yeux, de cette crainte d'être dupe, découle un état d'esprit tout particulier. Les procédés psychologiques du réalisme avaient vieilli. Excellents en 1850, puisque nous leur devons des chefs-d'œuvre, bien vite ils avaient singulièrement perdu de leur force créatrice. C'est Baudelaire, qui, le premier, le seul peut-être, a fait, à propos de *Madame Bovary*, cette remarque, qui n'est pas une critique :

Flaubert n'a pas pu ne pas infuser un sang viril dans les veines de sa créature, et, pour ce qu'il y a en elle de plus énergique et de plus ambitieux, et aussi de plus rêveur, Madame Bovary est restée un homme. Comme la Pallas armée, sortie du cerveau de Zeus, ce bizarre androgyne a gardé toutes les séductions d'une âme virile dans un charmant corps féminin (*l'Art Romantique*).

Qu'eût-il dit, à ce point de vue, des dernières productions du réalisme ! Le milieu seul était étudié, avec quelle abondance d'inutiles détails, les auteurs étaient seuls à l'ignorer ! On eût dit d'une espèce de photographie négative : les personnages faisaient comme des blocs d'ombre au milieu d'un paysage par trop détaillé, par trop éclairé. L'auteur leur prêtait un petit bout d'âme, détaché de la sienne propre : il fallait bien qu'ils s'en contentassent ! C'est que le travail de l'artiste est un travail, d'abord de décomposition, puis de recomposition. Il ne suffit point que, pour ses besoins, son usage personnels, il brise en mille morceaux la réalité, comme une glace trop vaste qui réfléchirait plus d'objets à la fois que l'œil n'en peut embrasser d'un coup. Il faut, cette glace, qu'il la répare à sa façon, qu'il la refasse, plus petite, mais, dans un espace moindre, réfléchissant, avec plus de force, de relief, puisque la lumière s'y concentre davantage, tous les détails essentiels. Les réalistes — je ne parle pas des maîtres, — ne brisaient jamais la glace, ou, en tout cas, ne la recomposaient point.

Je dis que le réalisme péchait par manque de psychologie. Barrès — puisque toujours il faut en revenir à cette riche *Enquête sur l'Évolution littéraire*, — disait à Jules Huret :

Les réalistes avaient fait de minutieuses et pittoresques descriptions des aspects extérieurs et des gestes, des passions, des appétits humains. Les psychologues, au contraire, Bourget, par exemple, ont voulu considérer ces appétits comme le ferait un savant d'une plante qu'il étudierait, en considérant toutes ses racines, la terre où elle pousse et l'atmosphère où elle se développe. En outre, de même que les naturalistes, par réaction contre l'ancienne convention mondaine, s'étaient cantonnés dans la vulgarité, les psychologues ont cherché des milieux autres que des milieux de médiocrité, et des âmes différentes des âmes vulgaires.

Il y eut donc « les psychologues ». Mais eux aussi péchèrent, non plus par manque, mais par outrance de psychologie. A force de s'étudier eux-mêmes, ils en arrivèrent à noter des états d'âme par trop spéciaux, des « cas » trop individuels non susceptibles de généralisation, ou bien, quand ils étudièrent les autres, ils tombèrent dans une psychologie que Montaigne eût appelée « livresque ». Tels de leurs personnages, quoique très distingués, ne vivaient pas, étaient de pure convention. Et Renard ne pouvait pas ne pas décrire « *les accessoires du psychologue* :

Eloi vient d'acheter pour son prochain livre, où il parlera sûrement de l'inattendu, de l'irrésistible amour :

Une lampe rose dont il décrira les dessous...

Un cornet de confetti. Sur les blancs est écrit le mot cœur, sur les rouges le mot âme. On les jette çà et là, partout, et on gagne du temps.

Un piano pour interpréter les maîtres.

La tapisserie de ces dames, si touchées par la vie, insolubles énigmes, douées de presciences dont notre scepticisme sourit, qui pensent sans parler, et sentent tout haut...

Des titres au porteur afin qu'Elle et Lui aient toujours chacun cinquante mille francs de rentes.

Un chemin de croix, un calvaire à pente douce, et un prie-Dieu pour martyrs. Seigneur, qu'elle va prier cette nuit-là, dans sa félicité douloureuse !

Une chaude couverture dont il enveloppera, pour le préserver du froid, son beau talent d'une sensibilité si suraiguë.

Il fallait donc faire toucher du doigt, pour ainsi dire, la vie quotidienne, mais en n'en montrant que les détails essentiels, capables de donner une impression forte. Il était nécessaire, dans ce prodigieux amas de gestes et de paroles qu'offre, à l'observateur, la vie de chaque instant, de faire un choix, de rejeter ce dont, depuis des années, s'accommodait le réalisme, de ramasser ce qu'il semblait dédaigner. Il ne s'agissait pas seulement de glaner : il y avait à moissonner.

Une mise au point était nécessaire. On vivait,

en littérature, un peu d'idées toutes faites. Le romantisme avait accrédité la légende des amoureuses sentimentales que la passion ravit au septième ciel, du poète, prédestiné, bien avant sa naissance, aux pires tourments. « L'écornifleur » n'est pas de cette race. Poète de talent, il est pauvre, et ne s'en cache pas trop. Un bon repas, pris sans bourse délier, a pour lui beaucoup de charmes. Il pense à ses pieds nus, « avec leurs doigts déformés par les marches du régiment, avec leurs cors ». Il avoue que sa « vie de cœur est riche d'une dizaine de nuits à prix fixe », et qu'il est « vierge, ou peu s'en faut ». Le poète, l'artiste, un tombeur de femmes !.. La gracieuse légende, en vérité. Ecoutez ce qu'en pense l'écornifleur :

Ah ! c'est vrai ! Vous me prenez pour un viveur. La tradition est là : le poète est un dresseur de femmes. Il ouvre les bras en demi-cercle : une femme saute dedans. Il ploie le genou : une femme s'assied dessus. Il se met sur le ventre, une femme docile se couche le long de lui. Nos calepins sont pleins de listes de noms. Qui vous détromperait ?

Je ne sais pas si mes confrères sont plus heureux que moi, mais ma part a été insuffisante. Quand j'avais bu deux bocks et mangé une choucroute, je me disais : Mâtin ! Quelle noce !

Madame Vernet est une excellente épouse. Elle ne se perd pas, elle, dans les nuages : on la voit qui raccommode les caleçons de son mari. Pourtant un artiste lui en impose. De l'admiration à l'amour il n'y a pas loin.

« J'adore le beau ! » dites-vous, Madame. Quel beau ? Le beau quoi ! Le beau Léandre ! Car enfin, vous n'en doutez pas, pour la femme, l'art c'est l'artiste ; d'où il résulte que : à l'étranger, en province, et même à Paris, il y a dans tout ménage bourgeois un artiste qui le ronge au cœur (*Sourires pincés*).

Mais Madame Vernet n'est pas une femme romantique. Chez les réalistes même, elle fût tombée dix fois pour une dans les bras d'Henri. Elle ressemble un peu, lui dit-il, à Madame Bovary.

Un peu seulement, très peu. Madame Bovary résume quantité de jeunes femmes de province, et même, pour parler comme Renard, de Paris. Observez chacune d'elles, et mettez sur le compte d'une seule ce qui appartient à beaucoup : vous avez Madame Bovary. Molière procédait ainsi pour Harpagon, Balzac pour Grandet et le père Goriot. Ce n'est ni un procédé, ni une recette que j'indique. Que ce soient des chefs-d'œuvre, tout le monde, ou à peu près, est d'accord à ce sujet. Mais on pouvait envisager la vie d'une autre façon, c'est-à-dire dans son absolue réalité. Avec Renard, le règne arrive des individus précis, nettement délimités, n'ayant rien de commun avec le voisin. Les détails psychologiques sont, comme les détails descriptifs, d'une netteté pittoresque, d'une vérité indiscutable. C'est Monsieur Vernet qui, ayant pris l'omnibus,

ne descend pas de voiture avant qu'elle ne soit immobile. Une fausse honte, bien excusable chez un homme, l'empêche de demander le cordon pour lui seul : il attend qu'une dame fasse arrêter, et profite de l'occasion. Sinon, il s'entête, dépasse le but, va jusqu'à la station prochaine, et retourne sur ses pas.

Maurice écrit à Blanche :

Vous êtes belle, et vous êtes bonne.

Vous êtes si indulgente pour les défauts d'autrui qu'on aime les vôtres.

Vous mentez à propos, sans mauvaise foi, c'est-à-dire que vous cachez la vérité quand elle blesserait, quand elle vous semble une cause d'ennui, et qu'il vaut mieux qu'elle reste au puits.

... Vous ne vous connaissez ni en art, ni en sport, et vous n'avez pas d'opinion sur les littérateurs, des hommes comme les autres, après tout (*la Maîtresse*).

D'autres réflexions encore :

Vous vous dites : Eloi, libre, heureux de voyager, admire chaque site et s'approvisionne de belles images. Point : je songe au pourboire que j'ai donné ou que je donnerai.

Tu as dit : Je sais que c'est prétentieux, ce que je vais dire, et tu l'as dit tout de même (*le Vigneron dans sa vigne*).

On demande à Philippe :

— Est-ce que vous mettez une chemise de nuit ?
— Celle de jour n'est donc pas bonne ? dit Philippe.

Elle est tellement bonne qu'elle dure au moins une semaine et quelquefois deux. Je ne suis pas sûr que Mme Philippe ôte son jupon. A quoi ça l'avancerait-il de tant se déshabiller ? Il y a belle heure qu'ils ne se couchent que pour dormir (*les Philippe*).

Pourtant tous ces caractères, eux aussi, sont généraux. Chacun d'eux résume toute une catégorie d'individus. La Bruyère nous avertit que son Ménalque « est moins un caractère particulier qu'un recueil de faits de distraction ». Avec le nouveau procédé, la nouvelle façon d'envisager la vie, de Renard, nous concluons du particulier à l'universel. Le réalisme accumulait, autour de ses personnages, des notations par trop nombreuses de gestes en soi indifférents. Les détails observés, traduits par Renard, sont essentiels ; ne s'appliquant, dans son œuvre, qu'à l'individu particulier, précis, qu'il étudie, ils sont communs dans la vie, à des quantités d'autres.

« En poussant jusqu'au bout le procédé d'observation naturaliste, Renard en a fait une sorte de critique par l'absurde. Il a montré que le détail isolé, que le fait pris en soi et regardé de près par l'observateur qui se penche, prenait presque toujours une valeur comique ; et c'est probablement ce sens du comique, amer et presque douloureux chez Renard, philosophique et sournois chez Tristan Bernard, insouciant et averti chez Capus, qui les a fait désigner du nom singulier d'humoristes. » (LÉON BLUM.)

Cette originalité, non pas forcée, mais naturelle, ce besoin de créer du nouveau amèneront Renard, ici comme dans ses images, à une sorte de déformation volontaire des caractères.

D'abord des traits à l'emporte-pièce, lancés, non pas à la façon brutale et véhémente de Vallès, mais tranquillement, par quelqu'un que l'on sent certain de ne jamais manquer son coup et qui sourit au moment où ils frappent, et qui prennent d'eux-mêmes, à cause précisément de leur vérité neuve, une valeur ironique, et, tout en frappant juste, paraissent frapper trop fort, démolir, détruire le but.

Quand une femme vous dit : Oh ! Monsieur, moi, je comprends tout ! traduisez poliment : Je suis une vieille folle et pour offrir des pantoufles à mon amant j'économise sur les polichinelles de mes enfants, et le tabac de mon mari (*Sourires pincés*).

Ce maître de maison, qui donne une soirée, dit à Eloi, qui est arrivé le premier :

Un homme est distingué et reçu dans le grand monde s'il ne crache pas sur le parquet, s'il ne tripote pas ses chaussettes en causant et s'il s'assure, de temps en temps, que son pantalon ferme bien...
Ils me stupéfient, viennent chez moi, me regardent à peine, mangent tout mon sucre, et ne me parlent que pour me demander « où sont les cabinets ». Je cloue le tapis afin de les empêcher de secouer leur linge bimensuel, mais ils danseraient sur mon ventre. Je fausse le piano à l'avance ; mais ils joueraient sur un râtelier de dents fausses. En outre, ils aiment beaucoup le jeu des « petits papiers », ainsi appelés à cause des petites ordures qu'on écarte dessus. Par exemple, qui me mettra dans ma poche la clef des diseurs de vers? Ho ! les sales gars !
Toutefois, j'ai mon bénéfice, le droit de couvrir, au vestiaire, les épaules croûteuses des plus vieilles

dames, et de glisser ma main dans leur dos, jusqu'aux reins (*Sourires pincés*).

Ensuite, recréés d'après une observation toujours méticuleuse, artiste, les caractères, véritablement, seront déformés par une exagération voulue. Et ce n'est certes pas le moins curieux de l'œuvre de Renard.

Le fiacre s'arrêta. Les trois amis en descendirent des cannes hydrocéphales, si lourdes qu'ils les portaient à bras tendu, pour montrer leur force. Ils étaient bruyants, fiers de vivre, vêtus à la mode éternelle. Chacun avait une route nationale dans les cheveux. Ils descendent de fiacre, font des politesses, dînent, fument, puis, « remmenant leurs cannes, ils allèrent se coucher » (*Coquecigrues*).

A ce point de vue, tout le petit volume *la Lanterne sourde* est caractéristique. Et que l'on y lise surtout *le Beau blé*.

C'est dans *Poil-de-Carotte* que nous voyons apparaître la deuxième manière, définitive, de Renard. Non qu'elle se soit brusquement révélée. Il y avait, dans *Crime de Village*, *Sourires pincés*, *l'Ecornifleur*, *Coquecigrues*, *la Lanterne sourde*, plus que des indications. Il a dit lui-même :

... Maupassant, pour qui j'avais un tel culte que mes premiers essais se ressentent de son influence.

Il s'en dégage vite. Dans *Coquecigrues* déjà, la nouvelle vise uniquement à donner la sensation exacte de la vie, sans souci du mot de la fin, du trait brillant, quelquefois, souvent même, inventé. On y constate déjà la préoccupation d'être vrai toujours; et c'est — puisqu'il faut bien parler de théorie, — à côté de l'Art pour l'Art, le vrai pour le vrai.

C'est à la campagne que Renard a surtout

vécu. Je ne crois pas que, dans toute son œuvre, on puisse citer une seule description de Paris. Des notes sur la mer dans *l'Ecornifleur, le Vigneron dans sa vigne*, et c'est tout. Le reste vient de là-bas, de ce petit pays que bornent les collines du Nivernais et les montagnes du Morvan.

Trois ou quatre maisons, juste ce qu'il faut de terre et d'eau à des arbres, de pâles souvenirs d'enfance dociles à notre appel, comme c'est quelque chose de simple, la patrie! (*Les Philippe, précédés de Patrie.*)

C'est de ces quelques maisons, de ce peu de terre et d'eau, de ces pâles souvenirs d'enfance qui furent dociles à son appel, qu'il a fait *Poil-de-Carotte, les Histoires naturelles, les Bucoliques, le Vigneron dans sa vigne, les Philippe.*

Je songe à la Tiennette de *la Lanterne sourde* qui « roule une baguette entre ses doigts, la gratte avec ses ongles, la mord du bout des dents, la déshabille de son écorce ».

Ce désir de la vérité devait amener Renard à dépouiller son style — ceux-ci le regrettent, ceux-là l'en félicitent, tous ont tort, tous ont raison,— de ces images pourtant si savoureuses, mais que, plus il avançait, plus il jugeait inutiles. C'est qu'il n'y avait pas que le romantisme touffu : il y avait le classicisme d'une tenue, d'une sobriété merveilleuses. La Fontaine n'avait pas besoin de plus d'un vers pour résumer tout un paysage :

L'onde était transparente ainsi qu'aux plus beaux jours.

Pascal, en des phrases heurtées, mais sans images apparentes, résumait l'infini. La Bruyère, en un style précis, résumait l'humanité de son temps et de toujours. Un peu moins reculé dans le passé, Buffon avait décrit les animaux tels qu'il se les représentait. Il ne fallait pas les imiter. *Le Chasseur d'images* ne s'approvisionne pas, chez les marchands de gibier tout tué, de sensations toutes faites qu'il ne reste plus qu'à accommoder à une sauce à son goût : il part de bon matin, regarde, écoute, observe, et ne revient jamais le carnier vide.

Les personnages cessent d'être ridicules : ils deviennent, ils restent simplement humains. Si quelques-uns, encore, font sourire, la faute en est, non pas à Renard, qui nous les montre absolument tels qu'ils sont, mais à eux, qui ne sont pas autrement. Et je songe que c'est d'après *Poil-de-Carotte*, son livre le plus répandu, que la plupart des lecteurs, que beaucoup de critiques rangent Renard au nombre des humoristes ! On rit peut-être à certains passages de *Poil-de-Carotte*, mais, comme Figaro, on se dépêche, pour ne pas être obligé d'en pleurer. Je ne connais rien de plus précis à la fois et de plus douloureux que l'histoire de cet enfant, — martyr à sa façon, il n'a point le corps zébré de bleus, mais sa tête appelle si bien et si souvent les gifles ! — qui va de droite et de gauche, en quête d'une sympathie qu'il ne trouve point, qui, solitaire, rêvasse dans le Toîton, qui travaille, au collège, à la maison, comme quatre, fait plus de la moitié de la besogne de la servante, et que sa mère, continuellement, envoie promener.

Si les classiques sont ceux qui ont exprimé des vérités générales dans un langage parfait, Renard est, à coup sûr, un classique. *L'Enfant*, de Vallès, est un livre auquel on ne peut rester indifférent, mais les observations y sont un peu dispersées : la forme, par endroits, fléchit. A côté de passages superbes, Vallès a des longueurs. Dans *Poil-de-Carotte*, il n'y a point de déchets. Et Robert de Souza, très justement, a dit :

Il faut lire le livre pour se rendre compte que

Poil-de-Carotte n'est pas le frère d'un des enfants de Dickens ni de *l'Enfant* de Jules Vallès. Il ne souffre pas d'un martyre exceptionnel ; son existence est affreuse en restant coutumière. Les passants ne remarquent rien en côtoyant la maison. Rien ne transpire de l'intérieur ; ils ne voient de temps à autre qu'une tête rousse, bouffonne, et ils rient (*la Poésie populaire et le lyrisme sentimental*).

Poil-de-Carotte est classique. Les paysans de Renard le deviennent peu à peu, le sont déjà. On ne peut parler, en littérature, paysans, sans évoquer le souvenir de Maupassant. Il y eut, grâce à lui, le paysan normand, le « conte normand » et, à sa suite, plus d'un auteur de nouvelles rustiques qui, sans doute, n'a vécu que de brèves heures, n'est peut-être même jamais allé en Normandie, fait parler à ses héros, grâce à de savantes apostrophes, à d'habiles déformations des mots originaux, le patois normand. Ce serait à croire que la Normandie, seule grande productrice de pommes, l'est aussi de paysans. Il y a une vérité plus large, plus humaine : l'homme est le même partout, à la ville et aux champs, avec, seulement, quelques tares professionnelles. Qui connaît un paysan les connaît tous. Il y a des détails de costumes, des patois pittoresques : tout

le monde le sait. Le paysan breton, extérieure-
ment, n'est pas le même que le paysan morvandiau, auvergnat. D'accord. Et après? Je tiens à
faire remarquer que les paysans de Renard ne
parlent jamais patois. Ils parlent un français
brut, qui en est la traduction exacte, littérale.

Je serai un homme, chez ces hommes, « coupeurs
de terre », comme les appelle Marot. Mais je garderai
l'œil de l'artiste, cet œil pur, incorruptible, que rien
ne blesse, car toute la vie est à voir.
Je deviendrai un artiste humain (*Bucoliques*).

Et les voici tous, jeunes et vieux, riches et
pauvres, fermiers, journaliers, cantonniers. Les
voici, pris sur le vif, au milieu de leurs occu-
pations habituelles. Renard ne les place point
dans des situations exceptionnelles, il s'en gar-
derait bien !

Il ne nous les montre point s'engageant dans
des procès, dans des aventures extraordinaires,
et c'est là qu'il se sépare de Balzac, de Maupassant, de tous ceux qui ont, avant lui, parlé des
paysans. Il nous les présente tels quels, bêchant,
fauchant, cassant des cailloux. Des détails, des
réflexions, des reparties dont personne, jusqu'alors, n'avait songé à tirer parti, parce qu'on

les jugeait trop communs, sans valeur spéciale, prennent, notés par lui, un relief extraordinaire. Écoutons Jérôme.

— La commune me donne dix livres de pain par semaine, et je cherche le reste quand je peux me traîner sur mes genoux, de porte en porte. Je ne serais plus capable de faire un fagot, même sur une chaise, si on m'apportait les branches. Pour les gens de notre misère, après le travail, il n'y a plus de possible que la fin de tout.

— Mon pauvre vieux, prenez cette pièce de dix sous, pour patienter.

— Oh! cher monsieur du bon Dieu! Je me doutais de votre charité. Et j'avais honte. Je n'osais pas déjà repasser devant votre porte. Je trouvais que c'était un peu trop tôt, et que, de cette manière, vos pièces de dix sous seraient trop près l'une de l'autre. La prochaine fois, allez, marchez, je les écarterai davantage (*Bucoliques*).

Renard ne cherche point à nous apitoyer. Mais sentez-vous comme, de ces quelques lignes de notation, en apparence, précise, sèche, une large émotion humaine se dégage?

Voici encore, à ce point de vue, *le Petit Bohémien*, à qui Renard, sur la route où il le rencontre, donne quatre sous.

— Oh! quatre! dit-il.

— Oui, quatre ! Un, deux, trois, quatre.

Ses yeux, soudain, avaient fleuri ; et sa voix maigre de gamin était redevenue une voix douce d'enfant.

— Je vous remercie, dit-il. Merci bien tout à fait, beaucoup. Au revoir, Monsieur, bonne santé.

Il fallut se quitter pour la vie. Il s'éloignait déjà, mais il se tourna comme s'il avait oublié quelque chose et m'apporta sa main tendue que je serrai, sur la route déserte, d'une pression furtive (*le Vigneron dans sa vigne*).

Et que dire de ce portrait de la vieille Honorine :

Elle ose bien chercher son bois, parce que c'est presque un travail comme un autre, qui n'humilie pas des vieilles plus riches qu'elle, et chaque jour qu'il fait beau, elle en ramasse. Il ne s'agit que de mettre dans sa hotte du bois au lieu de linge, mais le bois sec lui semble plus lourd que le linge mouillé. La hotte se cramponne à son dos par les bretelles de chanvre ; la vieille se courbe en avant, jusqu'à terre. Débarrassée, elle se redressera à peine, le pli étant pris. Quelquefois, elle va de travers parce que sa hotte tire de droite et de gauche, et quelquefois, bon gré, mal gré, elle s'assied sur un tas de pierres de la route. Mais, dans cette lutte, c'est toujours la vieille qui l'emporte. Elle aura du bois cet hiver (*le Vigneron dans sa vigne*).

Mais voici que Renard qui, tout à l'heure, volontairement, déformait la réalité, qui, maintenant, nous la montre telle qu'elle est, s'inquiète cependant. Ne l'a-t-il pas, en arrangeant ses observations pour qu'elles puissent entrer dans le cadre d'un conte, montrée un peu autre qu'elle n'est ? Nous trouvions cela, quant à nous, parfait. Lui, non. Et il en est arrivé à mettre debout, à faire vivre ses personnages, par des séries de petites notes brèves, sèches en apparence, mais d'un relief merveilleux. A la vérité, certains passages des *Philippe* nous avaient fait pressentir *Nos frères farouches*. En de brefs paragraphes, la physionomie des paysans, trait par trait, est fixée. Ce ne sont point des photographies, faites sans art, d'un seul coup. Ce sont des tableaux achevés avec une patiente lenteur ; ce ne sont plus les esquisses de *la Lanterne sourde*, où les images, à chaque instant, nous faisaient signe : Regarde comme je suis belle ! Ce sont des reparties, des réflexions brusques, inattendues, qui nous disent : N'est-ce pas, que c'est vrai ? Renard ne ridiculise plus, il sympathise. Il appuie sur la réalité sans la forcer.

Personne peut être mieux que René Boylesve, dans sa forte étude parue dans *le Gaulois* du 16 décembre 1908, n'a caractérisé la manière de Renard :

Jules Renard est surtout connu par *Poil de Carotte*, sorte de tragi-comédie où l'amertume et le rire sont si étroitement mêlés qu'elle étonne, comme une œuvre sans pareille ; et par *les Histoires naturelles* qui, si je suis bien informé, sont apprises par cœur dans les écoles, avec les fables de La Fontaine. La profusion d'images d'éclatante couleur — à mon gré, parfois trop satisfaites d'elles-mêmes — dont le style de ce dernier livre est tout entier composé, a procuré un si vif agrément chez les lecteurs de tout âge et de toute condition qu'une renommée quasi populaire salue aujourd'hui Jules Renard comme un de nos plus brillants humoristes. Quoique ce titre n'ait rien qui dépare, il ne semble pas juste dans le cas présent, et il offre le danger d'exalter les paillettes d'un très riche talent au détriment de l'âpre génie du poète qui a écrit *le Vigneron dans sa vigne, les Bucoliques* et *Ragotte*.

C'est d'un poète du village et de son peuple rugueux qu'il s'agit, ne l'oublions pas ! Et n'allons pas demander au maître de la dure Ragotte les enjolivements, les parfums, les guirlandes que le mot « poésie » évoque à l'esprit des jeunes filles. Ce dernier livre n'est pas fait pour elles. — La prose de Jules Renard, scandée et martelée à l'égal de nos vers les plus parfaits, n'a pas ce bercement, cette suavité ni ces tours ingénieux qui nous charment chez d'autres écrivains très lettrés ; c'est une prose nerveuse, dépouillée de souvenirs littéraires, jaillissant du sol comme une source fraîche ; elle grince comme la pomme verte sous la dent des écolières, ou rebondit sous la main comme la branche d'où l'on a arraché le fruit. Cette écriture si travaillée ne sent pas l'écriture ; si elle en offre parfois l'apparence, c'est qu'elle est elle-même un modèle, et c'est qu'elle a déjà été imitée — car l'influence de Jules Renard est féconde ; — mais que rappelle-t-elle de convenu ? Aucun de nos plus jolis écrivains formés par l'antiquité grecque ne me rappelle les beaux fragments de l'*Anthologie*, autant que Jules Renard, mais Jules Renard ce n'est pas par la docilité à l'influence littéraire de l'antiquité qu'il rappelle l'*Anthologie*, c'est parce qu'il nous oblige à comparer à une perfection sa perfection à lui, qui est toute empirique, toute personnelle, toute de terroir.

L'originalité de sa poésie, je crois qu'elle vient de ce que cet homme a gardé vis-à-vis des gens et des choses, et par un rare privilège, la sensibilité et la tournure d'esprit des enfants. Il a leurs mots étonnants et leurs épithètes géniales. C'est ce qui fait qu'on sourit souvent en l'admirant, et ce sourire empêche certains de voir Renard aussi grand qu'il est. Il est grand non à la manière de ceux qui s'essoufflent pour atteindre le surhumain, il est grand par le don qu'il a de ressembler aux tout petits. Tous les propos de Pierre, de Berthe, qui sont bien authenti ques, qui n'ont pas été inventés par l'auteur des *Bucoliques*, et qui sont des propos typiques d'enfants, ne diffèrent pas essentiellement d'une page de Jules Renard prise au hasard. Quand il dit que la faux « a brusquement le hoquet sur un caillou », ou d'un canard « qu'il portait son bec comme une large barbe, au milieu du visage », ou de la pie : « en habit du matin au soir », ou du fruit du rosier sauvage, qu'il se défend contre l'hiver et mourra le dernier « parce qu'il a un nom rébarbatif et du poil plein le cœur », est-ce que ce n'est pas exactement la même langue savoureuse que celle de la petite Berthe, disant à sa maman : « Veux-tu que je prenne avec mes doigts, par la peau du cou, un pruneau cuit ? » ou répondant au reproche de laisser tomber par terre les petits pois qu'elle écosse : « Ce n'est pas ma faute. Quand j'ouvre leur petite cabine, ils sautent de joie ? » Et lorsqu'il rend sensible, jusqu'à nous faire frissonner et sans recourir à aucune des joliesses ordinaires, la conversation qui s'éteint avec la lumière du jour : « La nuit, profitant de ce qu'on bavardait, s'est glissée entre nous comme une chatte, et nos voix, comme des rats peureux, restent dans leur cachette de silence », ceci n'est-il pas presque d'un enfant, et n'est-ce pas d'un grand poète ?

De la campagne, il a tout vu, tout montré en des images si nettes, si sobres qu'elles ont l'air de ne plus être des images, qu'elles s'incorporent à la réalité même. Voici la famille d'arbres qui se « flattent de leurs longues branches pour s'assurer qu'ils sont tous là, comme les aveugles », le bouleau « qui ne fait que se cacher derrière les chênes comme un homme en veste claire, qui voudrait fuir », le peuplier qui « jongle avec deux pies que le vent affole », et les tas de fumier « qui fument par les champs comme des chevaux dételés ».

Il y avait les animaux. La Fontaine, s'il leur donne une physionomie vivante, les enlève à la réalité pittoresque pour les façonner à l'image de l'homme. Buffon a singulièrement ennobli les uns, dénigré les autres. Des irréfléchis qui s'imaginent avoir une âme, — ils sont multitude, — des incompréhensifs — ils sont légion, — qui n'admirent de la campagne que les points de vue cotés, les altitudes tarifées par les agences, font fi des animaux. De la campagne, Renard aime, admire tout. Chasseur d'images, mais chasseur, aussi, de gibier, par vieille habitude, — Poil-de Carotte ne tue-t-il pas, un jour, sa première bécasse ? — il ira, d'éteule en luzerne, d'un pré le long d'une haie à la corne d'un bois, et, des perdrix partant, il flanquera dans le tas son coup de fusil « comme un coup de poing ». C'est un massacre. Mais il se juge lui-même :

Ah ! Je mériterais un bon coup de fusil dans les fesses !

Il n'y a rien de plus délicat, de plus mis au point que beaucoup de ses descriptions d'animaux. Elles sont dans nombre d'anthologies. Mais qu'il y a de gens — dirai-je de lettres? — que cela ennuie! Comment! Voilà Renard qui, de son vivant, figure, dans des recueils de morceaux choisis, à la suite, chronologiquement, des classiques, de ces hommes à perruque qui, dit-on, avaient du génie? Il n'y a donc pas besoin d'attendre, pour cela, deux cents ans, ni même cent? Cela ne leur semble point naturel. Renard, de son vivant, classique! Eh, mon Dieu, il paraît! Mais avouons qu'il y a bien un peu de sa faute.

Il y a des traits qui sont dans toutes les mémoires. Tout jeune, ne connaissant point Renard, je savais par cœur :

C'est la cane qui va la première, boîtant des deux pattes, barboter au trou qu'elle connaît.

L'oie :

Si brave que le jars l'est moins, elle protège ses œurs contre le mauvais chien.

Et Joseph Uzanne (*Album Mariani*, vol. 9°) a dit excellemment de Renard :

Ce qu'il est, c'est le poète exact de ce terroir, l'ami des bois, des vignes, des prés dorés de meules, des fermes tapies à flanc de coteau. Observateur minutieux de la vie locale, il se mêle de très près, pour mieux les étudier, aux terriens et aux vignerons, aux villageois retors, friands et malicieux. Cet homme, sur qui pèsent, au dire d'Henry Bataille, « dix siècles bruts d'hérédité paysanne, » est peut être, depuis Maupassant, le seul peintre excellent qu'aient donné les lettres de la vie rustique, des mœurs rurales, de toutes les poignantes et rapides petites comédies qui se jouent aux champs à chaque heure du jour.

Mais je pense avoir montré combien Renard diffère de Maupassant.

IV

Le théâtre s'accommode de tout. Revendications sociales et morales, résurrections historiques, études de mœurs, satires violentes, caricatures spirituelles, qu'elles soient l'œuvre d'érudits, de dramaturges ou, quelquefois, d'artistes, sont en droit d'y réclamer leur place, et méritent, quelquefois aussi, d'y trouver le succès. Qu'allait être le théâtre de Renard? Caricatural, satirique, il l'eût certainement été, si, dès ses débuts, Renard avait abordé la scène. Mais ce n'est qu'en 1897 qu'il donna *le Plaisir de rompre*. Il avait écrit déjà *Poil-de-Carotte, les Bucoliques*. Son théâtre est donc une observation exacte des menus détails de la vie quotidienne, mais seulement, — je l'ai dit déjà — des détails susceptibles de généralisation. Je ne veux point m'amuser à énumérer les « précurseurs ». Je ne dirai point que la vie quotidienne avait été, de telle et telle façon, étudiée, présentée par tel ou tel auteur. Je pourrais citer Molière, Beaumarchais, Marivaux, *les Proverbes* de Musset, Labiche, Becque, d'autres encore, et je n'aurai absolument rien dit. Renard, au théâtre, nous présente la vie de la même façon que dans ses derniers livres. Il n'y a point de longues tirades; on ne parle pas si longtemps que cela dans la vie réelle. Il n'y a ni cris de douleur, ni exclamations de joie; les crises se déroulent à l'intérieur des âmes. Est-ce que la plupart des existences, loin d'être bouleversées par des événements tragiques, ne sont pas d'une intense monotonie ? Un peintre a plus de chances d'attirer l'attention en historiant une tempête, mais la mer est le plus souvent au calme plat. Quelques lames de fond, une brève agitation à la surface et c'est fini.

Les « situations », dans le théâtre de Renard, ne sont point exceptionnelles. Quoi de plus quotidien, de plus banal même, si l'on veut ? Un jeune homme, la veille de son mariage, vient prendre congé de sa maîtresse; un homme marié conte fleurette à l'amie de sa femme; un enfant délaissé cherche, autour de lui, une sympathie; un homme devine, apprend que sa femme va se laisser tomber dans les bras d'un de leurs amis, et dit à cet ami, avec combien d'énergie et pourtant de tact, de douceur :

— Voyez-vous : il faut vous en aller !

Mais, ici comme ailleurs, comme partout dans son œuvre, Renard, tout en nous montrant des personnages que nous pourrions être nous-mêmes, tout en leur faisant parler le langage de tous les jours, ne leur fait dire que l'essentiel. Il n'y a ni trop, ni pas assez. C'est exact, mesuré ; cela ne déborde point. Un peu plus, ce serait trop. Un peu moins, nous nous dirions : Il manque quelque chose.

Blanche et Maurice se voient pour la dernière fois. Vont-ils, avant de se quitter pour jamais, s'aimer, se reprendre encore ? Maurice insiste ; Blanche refuse. Elle a, dit-elle, de la raison pour deux. Mais Maurice va partir, et elle s'écrie :

— Quel vide ! Que de choses vous emportez !

Pierre flirte avec Marthe ; ils vont, l'un et l'autre, dépasser la mesure. Ils vont partir, tout à l'heure, tout de suite. Mais Marthe songe au retour, à son mari, Pierre à sa femme. Marthe dit aussi :

— Je vous connais : votre imagination a une envergure d'aigle et un appétit de moineau. Il vous suffit de déplacer un meuble pour croire que vous déménagez, et d'ouvrir la fenêtre pour croire que vous êtes libre. La liberté dehors fait trop de poussière...

Et il vous suffit de baiser la main d'une femme pour croire que vous trompez la vôtre.

Ils ne partiront pas. Ils iront retrouver, tout de suite, elle son mari, lui sa femme. En vérité, cet acte est aussi admirable que *le Plaisir de rompre.*

On dit communément de *Poil-de-Carotte* et de *Monsieur Vernet* qu'ils ont été « tirés », celui-ci de *l'Ecornifleur,* celui-là du roman *Poil-de-Carotte.* C'est expéditif. La vérité est que tous les personnages ont changé, parce que l'auteur a évolué. Seule, Mme Lepic est restée la même, parce qu'elle ne peut devenir ni meilleure ni pire. Ce n'est pas un autre aspect, un autre état du même sujet. Je sais que, dans *Poil-de-Carotte,* on entend, à la scène, quelques répliques déjà lues, à l'arrivée d'Annette, la nouvelle bonne, mais là n'est point l'essentiel, le nœud de la pièce. Poil-de-Carotte cherchait quelqu'un à qui se confier, devant qui déplier son âme roulée en boule, et c'est là qu'il trouve son père. Et pour la première fois de sa vie, il s'entend appeler :

— Mon cher petit François !

Monsieur Vernet n'est plus le bourgeois qui « a l'air plus distingué le matin que le soir », et dont la forme des yeux « rappelle quelque chose « de déjà vu aux yeux des porcs ». Il a cessé d'être le mari ridicule derrière le dos de qui sa femme flirte à outrance, que son invité berne. Il n'est plus dupe. Qu'eût-il fait, dans *l'Ecornifleur*, s'il avait su ? Ne le cherchons pas. Ici, au 1ᵉʳ acte, il dit tout bonnement que, s'il apprenait que sa femme le trompe, il tirerait dessus. Il n'est pas obligé d'en arriver là, mais — la pièce se termine sur ce mot, — *il était temps !*

A une époque où presque chaque auteur dramatique — comme s'il éprouvait le besoin d'être reçu docteur ès-théâtre, passe — je veux dire : fait passer, — sa pièce à « thèse », où l'on bataille, cinq actes durant, pour faire accepter, par un public qui s'en moque, une idée ou ce que l'on prend pour tel, le théâtre de Renard retient l'attention, appelle l'estime, force l'admiration. Quelles belles tirades — et longues ! — d'autres eussent écrites au cours de ces cinq actes ! Renard ne l'a pas fait, et je lui en sais un gré infini : je me les monologue à moi-même, en sortant du théâtre, en fermant son volume de *Comédies*.

Dans la *Chronique des Livres* du 25 décembre 1903, Edmond Sée a écrit du volume de *Comédies*, de Renard :

Dans ce petit volume, dans ce volume considérable, je ne vois pas une défaillance, un mot arbitraire, une recherche de l'effet, du mauvais esprit, Chaque personnage s'exprime selon son caractère, il s'exprime en perfection, sans une faiblesse de style, sans une préciosité. Ce que Blanche dit, ce que répond Maurice, d'autres Blanche, d'autres Maurice pourraient le dire et le répondre, même dans l'émotion, même dans la colère ou l'amour, pour peu qu'ils aient reçu une éducation primaire, que l'auteur se charge de compléter le plus modestement du monde et sans qu'il y paraisse un seul instant.

Voilà qui est admirable !

Et ce qui est admirable encore, c'est la manière dont les plus simples répliques s'enchâssent en formules, en traits de caractère, d'elles-mêmes, comme involontairement : « Vous faut-il un mois pour aérer votre cœur... ! C'est une femme de bon sens simple et gaie. Elle marierait sa fille tous les jours !... Les grandes lettres viennent du cœur... »

Or, je le répète, jamais de pareilles répliques, si parfaites soient-elles, n'apparaissent *artificielles*, car l'auteur prend soin de les faire prononcer par ses personnages à la minute précise où ils sont le plus capables, par crainte, malice, énervement ou haine, de se *dépasser* eux-mêmes, et d'avoir l'esprit que nous aimons le mieux.

Du *Plaisir de rompre*, de ce minutieux et grandiose *Plaisir de rompre*, je voudrais tout vous détailler. Et la lettre d'amour qu'ils relisent ensemble. (Ici également, un amant ou un auteur sont fraternellement doués, et l'un créant comme l'autre aime, toutes les perfections s'excusent.) L'admirable dialogue de la fin : « Tes lèvres, vite... Rien... Alors j'aurai tout... Faut-il sonner ! » ce dialogue, il résume, symbolise tous les obscurs désirs des mâles, la pauvreté de leur vocabulaire qui ne saurait varier, et toute la tristesse éternelle, révélée, des mauvaises ruptures.

Pour le : « Il vous reste le beau rôle »... de l'homme, de Maurice qui s'en va, il me paraît digne de faire rêver avec amertume tous les écrivains en mal d'un mot de la fin, qui soit un mot durable. Et celui-ci m'apparaît génial d'être si masculinement bête.

Renard est — et c'est bien le couronnement de son œuvre, — un moraliste par contre-coup, en vertu du choc en retour. Cela m'ennuie que, dans *le Pain de Ménage*, Marthe et Pierre ne couchent pas ensemble. La femme de celui-ci, le mari de celle-là ne le sauraient certainement point. Oui ; mais s'ils arrivaient, tout de même, à l'apprendre ? Sachons sacrifier un bonheur certain pour éviter aux autres une souffrance possible.

Je ne saurais mieux faire, pour conclure sur Renard moraliste, que de citer l'étude écrite sur « Jules Renard éducateur laïque » par un autre Nivernais, Paul Cornu :

S'il est vrai que l'auteur laïque soit celui qui combat le mensonge ou l'erreur et qui remet à la raison la conduite de notre vie, Jules Renard — écrivain remarquable encore que trop peu connu hors du monde des lettres — est un auteur bien laïque.

Il démonte le mécanisme de nos sentiments en fines roues et en ressorts menus. Aucune des hypocrisies secrètes que nous nous pardonnons si volontiers ne touche son indulgence. Illusions, enthousiasmes, lâchetés sentimentales, mensonges des mots s'affaissent devant son regard aigu. Il dissèque avec une phrase qui tranche droit et clair comme un bistouri.

Sa philosophie est celle de l'homme qui voit juste. Il sait que la vie la mieux remplie ne dépose qu'un poids bien mince de joies: N'en désirons donc pas davantage, dit-il, mais désirons-les bien. « *Si chacun de nous s'appliquait toute sa vie au bonheur de deux personnes, nous serions chacun deux fois heureux, c'est-à-dire une fois de trop.* » Ne cherchons pas ce bonheur dans l'extraordinaire, le surnaturel, le romanesque : il est en nous.

Les maximes de ce sage sont volontiers enveloppées dans les formes élégantes de la pièce de théâtre.

Ainsi *Pain de ménage*. Voici deux amis, un homme et une femme, bien mariés chacun de leur côté. Ils pourraient s'acquitter « d'un banal adultère, comme tout le monde ». Ils ne le feront pas, parce qu'ils ont « le maximum » du bonheur et que, fragile, le bonheur, dit un proverbe chinois, est comme une potiche posée sur le nez d'un mandarin ivre qui éternue. Celui qu'on veut avoir ne vaut pas celui qu'on a.

Ainsi encore *Monsieur Vernet*. Il ne serait pas non plus difficile à Mme Vernet de tromper son mari, s'il le méritait. Elle n'aurait qu'à « s'étourdir avec les mots » de son amoureux le poète. Mais M. Vernet ne le mérite pas, et c'est sa femme qui, probe, le prévient du *danger*. M. Vernet est un bourgeois qui, s'il ne comprend pas les vers, comprend admirablement la vie. Il ne tue personne. Il écarte le *danger*, verse une larme de franche amitié au départ du poète l' « écornifleur » et embrasse sa femme. « Ma pauvre amie ! nous l'avons échappé belle ! »

Les héros de J. Renard ont de la vertu sans fracas, en un temps où la littérature s'efforce de rendre l'amère volupté de l'adultère plus aimable que les joies du ménage. Ainsi J. Renard est, mieux qu'un littérateur, un « professeur » de morale. Il a dit qu'il se croyait né pour être pédagogue. Mais il l'est. Seulement il fait ses cours à des élèves d'âge. Quelle leçon pour des parents et pour tous les éducateurs, que ce roman de *Poil-de-Carotte*, enfant qui a grandi entre l'indifférence muette du père, les méchancetés prolixes de la mère, à qui on a plus laissé deviner qu'appris, et qui, dans un milieu sans affection, estime, ni franchise, s'est bâti une petite âme à demi vicieuse, un esprit bourré d'idées bizarres !

D'ailleurs J. Renard a vraiment une « classe intermittente » : c'est son village nivernais. Dans *l'Echo de Clamecy*, feuille locale, il donne des chroniques d'un style franc, d'un sens droit : causerie sur telle misère qui s'est développée à l'ombre de l'égoïsme paysan et de la charité exclusive des dévôts ; récits de démêlés avec son curé, contre qui il soutient l'école, ou avec les sœurs, contre qui il soutient l'institutrice. Autant d'occasions pour ruiner l'influence des littératures mensongères ou des politiques hypocrites. « *Paysans, mes frères, quand cesserez-vous de croire que votre ignorance est une de vos vertus ?* »

Enfin, liseur de grand talent, J. Renard a tâché de faire aimer V. Hugo par ses villageois et dans de petites villes de la Nièvre, il a fait sur Molière de savoureuses conférences.

Le cercle des lettrés délicats qui admirent ses œuvres littéraires ne connaissent point ses articles, ni ses conférences. Pas plus que ses auditeurs frustes ne connaissent ses œuvres littéraires. Dans les uns et les autres, J. Renard cherche moins à plaire qu'à faire bien et dire vrai.

Que dire, pour résumer cette étude ? Tenterai-je de définir en quelques mots, en un, si c'était possible, Renard, de le cataloguer au moyen d'une étiquette ? Réaliste lyrique, naturaliste classique, cela ne me satisfait point. Ce jeu des définitions, d'ailleurs, est vain. D'autres ont étalé à l'envi les développements, les variations de leur « moi ». Nous avons été informés, grâce à d'habiles indiscrétions de leur part, que telle scène, tel paysage avaient ajouté à leur âme. De Renard, non. C'est son œuvre seule qui nous le montre, après avoir commencé par envisager la vie au point de vue « artiste » avec, non pas la haine, mais le sens de l'infériorité du bourgeois, du paysan, c'est-à-dire de ceux qui n'ont pas ses idées, — arrivant à s'apitoyer sur le sort des misérables, et de tous ceux qui souffrent ou croient souffrir.

Mais si, du moins, j'essayais de définir l'art, non dans son essence, car on l'a fait trop souvent et de trop de façons contradictoires, mais dans ses manifestations, ce serait la *réussite de l'effort.*

Toute la vie de Renard n'est qu'une suite d'efforts réussis vers l'expression nette, sobre, originale, immuable, de sa pensée. Et c'est, dans sa vie et dans ses œuvres — je le dis parce que, strictement appliqué, je ne sais pas de plus bel éloge, — un homme de lettres.

BIBLIOGRAPHIE

LES ŒUVRES

Les Roses, poésies. Paris, Paul Sevin, 1886, plaquette in-8 (Frontispice de Mazerolle). — **Crime de village.** Paris, « La Grande Correspondance », 1ᵉʳ octobre 1888, in-18. — **Sourires pincés**. Paris, Lemerre, 1890, in-18. — **L'Ecornifleur.** Paris, Ollendorff, 1892, in-18 (Réimp. : *L'Ecornifleur*, ill. de Ch. Huard, ibid., 1903, in-18); *L'Ecornifleur*, ill. de Vogel. Paris, Fayard, s. d. [1908], gr. in-8). — **Coquecigrues.** Paris, Ollendorff, 1893, in-18 (Réimpr. : *La Lanterne sourde. Coquecigrues*, ibid., 1906, in-18).— **Deux Fables sans morale**, fac-simile autographique du manuscrit de l'auteur. Paris, aux bureaux du « Mercure de France », 1893, in-8 carré de 16 pages, avec titre typographié.— **La Lanterne sourde.** Paris, Ollendorff, 1893, in-18 (Réimpr. : *La Lanterne sourde. Coquecigrues*, ibid., 1906, in-18). **Le Coureur de filles.** Paris, Flammarion, 1894, in-16. — **Poil-de-Carotte.** Paris, Flammarion, s. d. (1894), in-18 (Réimpression : *Poil-de-Carotte*, ill. de Steinlen. Paris, Ollendorff, 1899, in-18; *Poil-de-Carotte*, ill. de F. Vallotton. Paris, Flammarion, 1903, in-18); *Poil-de-Carotte*. Paris, Calmann-Lévy, s. d., gr. in-8, ill. de Poulbot). — **Le Vigneron dans sa Vigne.** Paris, Mercure de France, 1894, in-32 (Réimpr. : *Le Vigneron dans sa Vigne*) (*Nouvelles du Pays. Tablettes d'Eloi. Le Vigneron dans sa Vigne*, ibid., 1901, in-18). — **X...** Paris, Flammarion, 1895, in-18 (en collaboration avec G. Auriol, Tristan Bernard, Courteline, Pierre Veber).— **La Demande**, comédie en un acte (en collaboration avec Georges Docquois)

représentée pour la première fois le 26 janv. 1895, au Théâtre
Municipal de Boulogne-sur-Mer, reprise au Théâtre de l'Odéon
le 10 nov. 1895. Paris, Ollendorff, 1895, in-18. — **Histoires
Naturelles**, Paris, Flammarion, 1896, in-16, couverture de
F. Vallotton (Réimpr. : *Histoires Naturelles*, nouv. éd., illus-
trée de 22 lithographies originales de Toulouse-Lautrec, Paris,
Floury, 1899, in-4; *Histoires naturelles*, nouv. éd. augmentée,
dessins de P. Bonnard, Paris, Flammarion, 1904, in-18). — **La
Maîtresse**, illustr. de F. Vallotton. Paris, Simonis-Empis,
1896, in-18. — **Bucoliques**. Paris, Ollendorff, 1896, in-18,
couverture de G. Auriol (Réimp. : *Bucoliques*. Paris, Ollendorff,
1905, in-18, couverture de Mme Franc-Nohain). — **Le Plaisir
de rompre**, comédie en un acte, représentée pour la première
fois le 16 mars 1897, au Cercle des Escholiers, et reprise le
12 mars 1902, au Théâtre-Français. Paris, Ollendorff, 1898, in-16
(Réimpr. : *Comédies*, etc., ibid., 1903, in-18). — **Le Pain de
ménage**, comédie en un acte, représentée pour la première
fois, le 16 mars 1898, au « Figaro ». Paris, Ollendorff, 1899,
in-16 (Réimpr. : *Comédies*, etc., ibid., 1903, in-18). — **Poil-de-
Carotte**, comédie en un acte, représentée pour la première
fois le 2 mars 1900, au Théâtre Antoine. Paris, Ollendorff, 1900,
in-16 (Réimpr. : *Comédies*, etc., ibid., 1903, in-18). — **Comédies** (*Le Plaisir de rompre. Le Pain de Ménage. Poil-de-
Carotte. Monsieur Vernet* (1). Paris, Ollendorff, 1903, in-18. —
Huit jours à la campagne (comédie en un acte, représentée pour la première fois sous ce titre : *l'Invité*, le 9 février
1906, au Théâtre de la Renaissance). Paris, J. Rouff et Cie,
1906, in-8. — **Les Philippe**, précédé de **Patrie**, décoré
de cent-un bois originaux, dont huit camaïeux par Paul Colin.
Paris, Ed. Pelletan, 1907, in-8. — **Mots d'Ecrit**. Nevers,
Publicat. des « Cahiers Nivernais », oct.-nov. 1908, in-12. —
**Discours prononcé par M. Jules Renard à l'inau-
guration du buste de Claude Tillier à Clamecy**
(Nièvre), le 17 sept. 1905. Lausanne, Lapie, 1908, in-8. — **Pages choisies**, publiées sous le titre : *Souffre-Douleur*, à l'Œuvre littéraire contemporaine. Paris, 5, rue Théophile-Roussel.

(1) *Monsieur Vernet*, comédie en deux actes, a été représentée pour la
première fois le 6 mai 1903, au Théâtre Antoine.

1908, broch. in-12 de 16 pp. — **Nos Frères farouches, Ragotte.** Paris, A. Fayard, s. d. [1908], in-12. — **Ragotte,** ill. de Malo-Renaud (Édition des X). Paris, Floury, 1909, in-8.

Préface

Claude Tillier : *Belle-Plante et Cornélius.* Lausanne, A. Lapie. Paris, A. Bertout, 1908, in-18.

PÉRIODIQUES

Le Zig-Zag. L'Opinion. La Chronique Parisienne. Le Roquet (1883-1890). **Le Décadent. La Plume. Gil-Blas. Revue Hebdomadaire. Journal. Echo de Paris. L'Ermitage** (1890-1895). **Mercure de France** (1890-1894). **La Revue Blanche. Supplément du Figaro** (1895-1908). **Le Canard Sauvage** (1903-1904). **L'Humanité** (1904-1905). **L'Auto** (1906-1907). **Messidor** (févr.-nov. 1907). **Comœdia** (1907-1908). **Paris-Journal** (1907-1909), etc.

A CONSULTER

Paul Acker : *Petites Confessions.* Paris, Fontemoing, 1903, in-8. — **Léon Blum** : *M. Jules Renard,* Mercure de France, juillet 1895 ; *Au Théâtre.* Paris, Ollendorff, 1906, in-16 ; *En lisant,* ibid., 1906, in-18. — **Henri Céard** : [*J. Renard*]. Le Matin, 17 mars 1897. — **Léon Daudet** : [*J. Renard*]. Nouvelle Revue, 15 déc. 1894. — **Gaston Deschamps** : *J. Renard.* Le Temps, 10 nov. 1907. — **Remy de Gourmont** : *Le Livre des Masques.* Paris, Mercure de France, 1896, in-18. — **Maurice Pottecher** : *J. Renard.* République Française, 7 janvier 1895. — **Pierre de Querlon** : *J. Renard.* La Chronique des Livres, 10 novembre 1903. — **Hugues Rebell** : *Jules Renard (Portraits du prochain siècle.* Paris, Ed. Girard, 1894, in-18). — **Francisque Sarcey** : [*J. Renard*] : L'Estafette, 22 mai 1892 ; Le Temps, 18 nov. 1895. — **Marcel Schwob** : *La Perversité.* Mercure de France, mars 1892. —

— **Robert de Souza** : *La Poésie populaire et le lyrisme sentimental.* Paris, Mercure de France, 1898, in-18. — **Léo Trezenik** : *Les Cloportes.* Mercure de France, octobre 1890.— **Tristan Bernard** : *La Lanterne sourde.* Mercure de France, août 1893 ; [*J. Renard*]. Le Rire, 27 mars 1897. — **Alfred Vallette** : *A Propos de « Sourires Pincés ».* Mercure de France, décembre 1890. *Jules Renard.* Mercure de France, juin 1893 ; *Jules Renard.* (« Les Hommes d'Aujourd'hui », nº 416). Paris, Vanier, s. d., in-fol. — **Louis Vauxcelles** : *Au Pays des Lettres. M. Jules Renard.* Le Matin, 28 août 1904.

Voir en outre les articles de :

Alfred Capus : *Le Figaro,* 18 mars 1897. — Rodolphe Darzens : *La Petite République Française,* 7 février 1892. — Léon Deschamps : *La Plume,* 15 août 1891. — Lucien Descaves : *Journal,* 22 novembre 1894; *L'Echo de Paris,* 25 mars 1898. — Emile Faguet : *Journal des Débats,* 24 mai 1897. — Gustave Geffroy : *La Justice,* 6 février 1891. — Edmond Haraucourt : *Le Gaulois,* 13 décembre 1898. — Ernest Lajeunesse : *Journal,* 16 août 1898.— Jules Lemaître : *Journal des Débats,* 17 novembre 1895.—Jean Lombard : *La France Moderne,* 16 avril 1891. — Lucien Muhlfeld : *La Revue Blanche,* janvier 1894. — Nozière : *Le Temps,* 11 mai 1903. — Gaston Olmer : *L'Art et la Vie,* 1er novembre 1894. — G. de Pawlowski : *La Presse,* 14 juillet 1899, etc., etc.

ICONOGRAPHIE

Henry Bataille : *Têtes et Pensées,* lithogr. Paris, Ollendorff, 1901, in-4º. — **Paul Colin** : *Portrait,* repr. dans *les Philippe.* Paris, Pelletan, 1907, in-8º. — **Hermann Paul** : *Portrait,* dessin, Echo de Paris, 29 avril 1903. — **Léandre** : *Portrait,* reprod. dans la collection du « Rire ». — **Rouveyre** : *Carcasses divines.* Paris, Bosc, 1907, in-4. — **G. Smith** : *Dessin en couleurs,* reprod. dans la collection des « Hommes d'Aujourd'hui », nº 416. Paris, Vanier, s. d., in-fol.— **F. Vallotton** : *Masque,* reprod. dans *le Livre des Masques,* de Remy de Gourmont. Paris, Mercure de France, 1896, in-18.

AD. VAN BEVER.

Poitiers — Imp. du MERCVRE DE FRANCE (Blais et Roy), 7, rue Victor-Hugo.

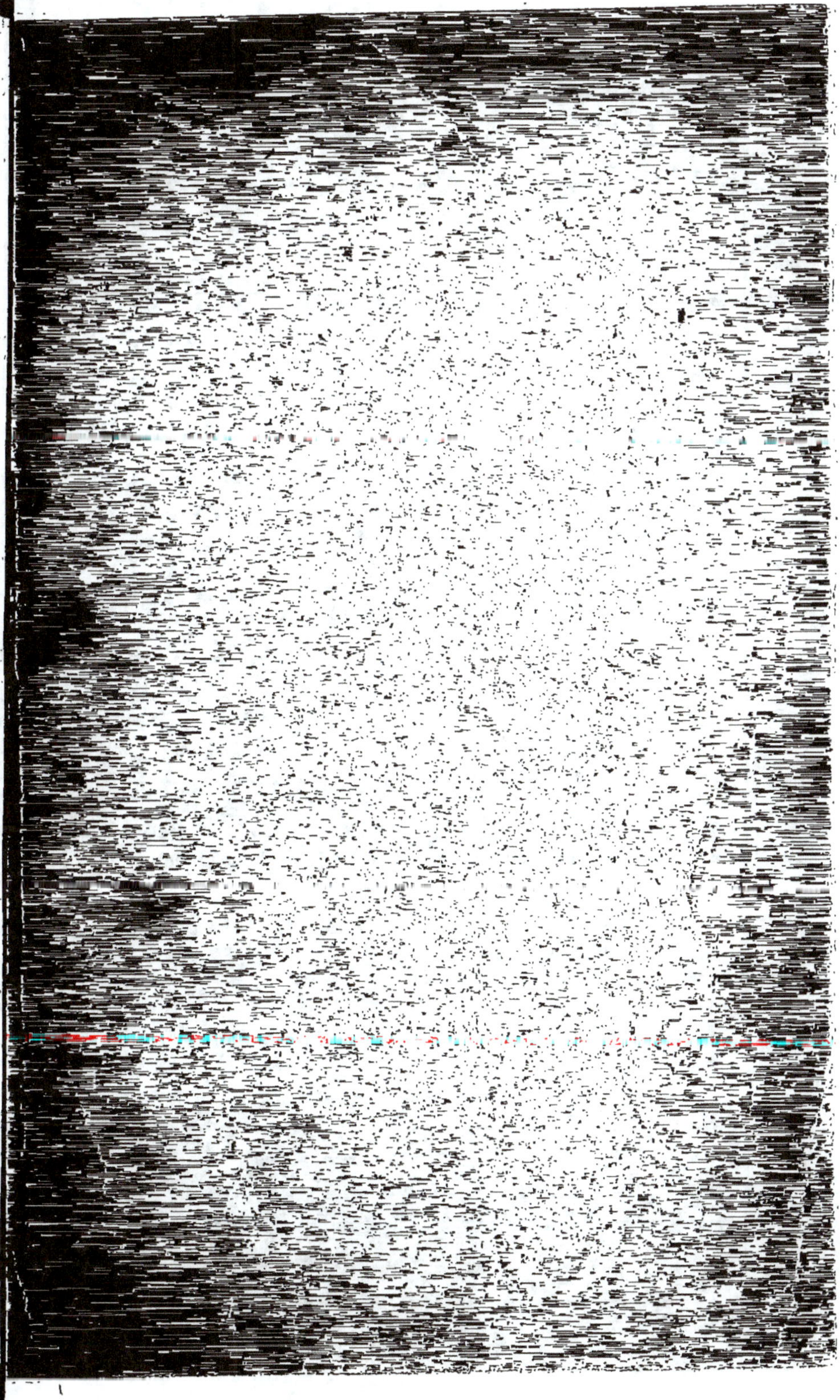

LES HOMMES ET LES IDÉES

Cette nouvelle Collection : *Les Hommes et les Idées*, est une œuvre de vulgarisation, dirions-nous, si ce mot, dont on a tant abusé, n'était suspect. Cependant, il n'en est pas d'autre, peut-être, qui la qualifie exactement, pourvu qu'on le prenne dans son sens le plus élevé et le plus général.

Mettre à la portée de tous, dans un format commode et à un prix minime, la connaissance précise des hommes et des idées d'aujourd'hui, et même d'hier, tel est en effet notre but.

Sans prétendre à l'universalité, notre domaine sera des plus étendus : les lettres, les sciences, l'histoire, la philosophie et toutes études variées leur servant de base, enfin tout ce qui peut intéresser celui qui cultive son intelligence et veut se tenir au courant du mouvement intellectuel.

Ce lecteur, auquel nous faisons appel, se formera en même temps et à peu de frais une petite bibliothèque utile et d'intérêt durable.

Pensant que beaucoup de personnes désireront recevoir, au fur et à mesure de leur publication et sans avoir à les commander, les ouvrages de la Collection *Les Hommes et les Idées*, nous avons établi un abonnement par séries de douze (de 1 à 12, de 13 à 24, etc.), aux prix suivants :

France.......... 7 fr. 50   Étranger.......... 9 fr.

Poitiers. — Imprimerie du Mercure de France (Blais et Roy).